KB181863

한국 희곡 명작선 45

소년 공작원

한국 희곡 명작선 45

소년 공작원

김성진

평민사

김성진

소년 공작원

등장인물

김대수 (17세, 남자)
늙은대수 (64세, 남자)
해설자 (25세, 여자)
심한훈 (12세, 남자)
이윤백 (18세, 남자)
위신복 (18세, 남자)
엄마 (40대, 여자)
박상사 (45세, 남자)

＊그 외의 인물들은 상황에 따라 소년들이 다역으로 투입되어
극의 이해를 돕는다.

때

1971년부터 2018년까지.

곳

파주의 어느 한 폐공장 외 여러 곳.

무대

무대 바닥에 사각형으로 하얀 테이핑이 되어있다.
테이핑 밖으로는 배우들이 앉을 수 있는 의자가 상·하수 4개씩
서로 마주 보게 비치돼있다.
무대 뒤쪽에는 하얀 스크린이 설치되어있다.
스크린을 통해 영상으로 극의 이해를 돕는다.

＊본 작품은 다큐멘터리를 참고하여 쓴 팩션 연극임을 명시한다.
＊편의상 사각테이핑 안쪽은 무대1, 바깥쪽은 무대2로 칭한다.

1장

막이 오르면, 소년들과 박 상사. 상 하수에 비치된 의자에 앉아있고, 캄캄한 어둠 속 오직 엄마만을 비춘다.

엄마   (호흡이 거친) … 저는 아직도 그날을 잊을 수가 없어요. 아들과 둘이 살고 있었어요. 그날 오후쯤 끼니를 때우려 하고 있었어요. 그 당시엔 어떻게든 끼니만 거르지 않으면 다행이었죠. 그때 군인들이 제 앞에 나타났어요… 잠깐, 잠깐만 데리고 간다고 했어요. 시대가 시대이니만큼 나라가 혼란했지만 그래도 믿었어요. 내 나라니까… 저는 후회돼요. 왜 그날 제가 대문을 막아서지 않았는지. (흥분하는) … 그러니까 그 어린 아이를 어쩌라고 거기까지 보내느냐고요. 아무리 전쟁통에 개판된 나라라도 이건 아니잖아요. 도대체 우리 아이는 어디 가서 돌아오지 않는 걸까요. 얘야… 얘야—!

엄마는 흥분한 듯 무대를 뛰어다니며 아들을 찾기 시작한다. 의자에 앉아있던 소년들, 일어선다. 네 소년들에게 옅은 빛줄기가 들어온다.
머리가 짧고 투박한 얼굴을 가지고 있는 소년들의 몸에는 여기저기 상처가 가득하고 옷이 해져있다. 곧이어 누군가와 인터뷰를 하는 듯 소년들은 무대 정면으로 돌아선다. 그들의 표정은 순박해 보인다.

(＊지역에 따라 사투리를 쓰는 소년도 있다.)

김대수　　저는 1953년 생이고 경기도 인천 출신입니다. 올해 나이는 전쟁통에 어머니가 호적을 늦게 등록해서 17세입니다. 저희 아버지는 훌륭한 군인이셨습니다. 한국전쟁 당시 적들과 전투 중 돌아가셨다고 들었습니다. 그래서 저는 아버지 얼굴을 한 번도 본 적이 없습니다. 그렇지만 저는 아버지가 나라를 지킨 영웅이라고 생각합니다. 어머니는 그 일을 생각만 해도 슬픈지 아버지 이야기를 잘 해주지 않습니다… 제 꿈은 달리기 선수가 되는 것입니다. 제 이름은….

심한훈　　저는 1959년 전라남도 광주에서 태어났습니다. 나이는 12살이구요. 어머니는 제가 태어날 때 돌아가시고 아버지는 일하러 나간다고 하고 소식 없어요. 차라리 아버지 없는 게 속 편합니다. 그래서 단칸방에서 동생이랑 둘이 삽니다. 주인집 아줌마는 아버지가 나가고 나서 안타까웠는지 세에 대해서 통 말이 없습니다. 그래도 괜히 찔려 주인아줌마 눈을 피해서 집을 들어가는 게 습관이 돼버렸습니다… 저는 동생이랑 이 세상 보란 듯이 살아나가는 것이 제 꿈입니다. 학교 끝나면 요 앞에서 구두닦이 하는 것이 제 소일입니다. 제 이름은….

이윤백   저는 1953년생입니다. 올해 나이 18살입니다. 제 고향은 경남 부산입니다. 어머니는 요 앞 시장에서 국수 장사합니다. 저는 학교 끝나면 바로 국수 가게에 가야 합니다. 일손이 부족해서 제가 도와야 합니다. 괜찮습니다. 어머니 일을 제가 대신해주면 그걸로 기분이 좋습니다. 나중엔 저도 서울에서 제일 큰 국수 가게를 하는 게 꿈입니다. 제 이름은….

위신복   저는 1953년 함경남도 영흥에서 태어났습니다. 나이는 18살이고 학교는 그만 뒀습니다… 신문 배달합니다. 누나랑 어머니랑 셋이서 삽니다. 어머니가 산에 올라가 나물 캐서 팔아먹고 가족들 먹여 살립니다. 아버지는 월남을 시도하다 소식 끊겼습니다. 집에 여자 밖에 없는 탓에 어머니는 저를 장사 취급하십니다. 그래도 동네 친구들 중에서는 제가 힘이 제일 센 거 같습니다. 제 이름은….

소년들은 신나게 웃으며 이야기하다가, 이내 자신의 이름을 밝히려다 잊어버린 듯 입을 다문다. 그들의 신나는 표정이 순식간에 무표정으로 갈무리된다.

일동   이름이 기억나질 않습니다.

소년들의 말이 끝남과 동시에 폭탄 소리 커다랗게 들린다.

이후 사이렌 소리 울린다.

소년들, 개의치 않는 듯 서로 마주본다. 곧, 준비된 스크린에 영상이 보인다.

영상 1 - 북파 공작원 설명 PPT 자료

북파공작원 : 대한민국에서 조선민주주의인민공화국으로 비밀리에 투입되어 정보수집 및 교란, 암살 등의 특수한 임무를 수행하는 군인.

소년들 마주보고 서로를 향해 돌격한다.
이후 '무대1'에서 맨몸 전투를 시작한다.
커다란 기합 소리가 오고 간다.
해설자가 리모컨을 들고 등장한다.
(∗이후 영상은 리모컨으로 해설자가 조정한다.)

해설자 한국전쟁 당시 북에 침투해 첩보를 수행하는 일명 HID. 그들은 1950년 10월 25일 중국이 한국 전쟁에 본격적으로 개입하면서 한국군과 유엔군이 38선 이남까지 퇴각한 1·4후퇴 이후 전쟁의 양상이 치열했던 1952년부터 1972년 7월 남북공동성명까지 활동했다고 알려져 있습니다. 그들의 존재는 정부에서 공식적으로 인정하지 않다가 지난 2002년 이후 국가유공자로 인정되면서 일부 보상이 진행되었습니다. 그러나.

해설자의 말을 끝으로 영상에는 소년 공작원에 대한 뉴스보도가 나오고 곧이어 기사들이 여러 겹 덮어진다.

> *영상 2 - 뉴스보도 영상*

해설자 정부는 15세 미만의 소년들을 강제 징집해 북파했다는 사실을 인정하지 않고 있습니다. 소년들은 2018년인 지금도 여전히 북파공작원의 일원으로서 훈련을 받고 북파되어 돌아왔다고 주장하고 있습니다.

> *영상 3 - 늙은 대수 인터뷰 영상*

늙은 대수의 얼굴이 화면에 잡히면 소년들의 맨몸 전투하다가 스톱 모션.

늙은대수 17살 때 이야기니까 37년 전 일이에요. 내가 지금 이야기하는 게, 그건 잊어먹을 수가 없지. 그때 당시에는 뭔지도 모르고 그냥 시키는 대로 하고, 내가 뭐 저항을 할거야 어쩔 거야. 내 인생이 그때부터 이렇게 망가진 거야. 내가 성품이 나도 모르게 어딘가 병들어 있는 게 있어. 어두운 게 생겼다고. 지워지지 않는 상처지.

해설자   1972년, 그는 첩보망을 구축하기 위해 북으로 침투했다
         고 주장합니다.

늙은대수 아무튼 이북에 한번만 넘어갔다오면 평생 먹고 살게 해
         준다 그랬어요. 흰 쌀밥에 고기반찬을 죽을 때까지 주겠
         다고. 우리가 뭘 알아. 그때부터 내 인생이 바뀐 거야. 그
         거 쫓아갔다가.

해설자   정부가 그런 짓을 종용했다고 하면 믿으시겠습니까. 성
         인 군인들을 통해 혹독한 훈련을 거쳐, 정부는 무엇 때
         문에 어린 소년들까지 북파시킨 것일까요. 그리고 이제
         와선 왜 그들의 존재를 인정하려 하지 않는 것일까요.

늙은대수 정보사에 그런 기록이 없다는 거예요. 어린애를 누가 시
         켰겠느냐고. 그럼 도대체 내 기억은 어디서 난 기억이냐
         고. 나는 그럼 도대체 누구냐고.

해설자   북파되었던 소년은 백발이 되었지만, 그 상처는 아물지
         않았습니다. 우리는 그들을 소년 북파공작원이라고 부
         릅니다.

         소년들 일동 기합소리 크게 내며 달려든다. 소년들, 맨몸 전투 다시
         이어지는데 위신복, 소년들을 내팽개치고 두려움에 떨며 비키라고
         외치고 그곳을 벗어나려 한다. 벗어나려는 위신복 앞에 박 상사 등
         장한다. 손에 총을 들고 위신복의 가슴팍에 쏜다.
         탕! 위신복, 쓰러지고 암전.

2장

'무대1'은 파주의 한 폐공장이다.

소년들 지쳤는지 여기저기 널브러져있고, 위신복은 '무대1' 한가운데 쓰러져있다.

해설자 1972년 경기도 파주시 한 폐공장, 그들은 영문도 모르고 이곳으로 끌려와 북으로 향하는 임무를 수행 받게 되었다고 합니다. 그들 중 대부분은 부모가 없는 고아이거나 과거 북에서 월남한 이북출신의 집안이었다고 합니다.

이윤백 ⋯ 우리 여기 온 지 며칠 됐니?

심한훈 기억이 안 나요.

이윤백 한훈이, 아까 산 오를 때 넘어진 거 괜찮아?

심한훈 ⋯.

이윤백 이럴 때일수록 정신 똑바로 차려.

박 상사가 대수를 끌고 무대 1로 들어온다.

쇠문이 열리는 소리가 귀 아플 정도로 들린다.

박상사 너희와 함께 북으로 넘어갈 친구다. 각자 얼굴 트고 통성명 정도 하도록. 적당한 자리에 가 앉아.

대수를 밀어 넣는다. 대수 구석으로 밀려 넘어진다.

박상사 밖에 군인들 다 대기하고 있어. 허튼수작 부리는 새끼들은 그대로 총살이야.

박 상사 나가려는데, 위신복의 시체 발견한다.

박상사 (인상 찌푸리는) 씨발, 냄새 진짜. 다들 봤지? 도망가면 이 새끼처럼 되는 거야.

박 상사, 위신복을 질질 끌고 나가 '무대2' 의자에 뒤돌려 앉힌다. '무대1' 소년들 한참 침묵한다.

이윤백 난 이윤백이다. 너 이름이 뭐니.
김대수 대수. 김대수입니다. (어리둥절한) 여기가… 저 친구는….
이윤백 그저게 산 타면서 도망가다 총 맞았다. 여긴 총 맞아도 그냥 둬. 그러다 앓아 죽으면 그런가 보다 하고. 그러게 왜 뛰쳐나가가지고.
심한훈 (울며) 동생이 아프다 그랬는데.
이윤백 울음 그쳐.
김대수 여긴 어디….
이윤백 너 아무것도 모르고 왔어? 왜 우리들이랑 올 때 같이 안 오고 지금 오니.

14

김대수   군인들이 어린 남자들 다 불러 모으기에 몰래 빠져나와서 산으로 가 도망가 있었어요. 괜찮을 줄 알고 내려왔는데 걸려가지고… 북으로 건너갔다가 오면 평생 굶을 걱정 안 해도 된다고 그랬어요.

이윤백   너 그걸 믿고 온 거야?

심한훈   동생이 집에 혼자 있는데.

이윤백   일단 좀 자둬. 내일부터 산을 또 타야 할 참이니까.

김대수   산이요?

해설자   성인 북파공작원의 북파를 보조하기 위하여 징집된 소년들. 그들은 이제 중고등학교를 갓 들어간 어린 학생들이었습니다. 그런 어린 학생들에게 주어진 임무는 총을 들고 지키는 남북의 경계선을 오가는 일이었습니다.

박 상사 '무대1'로 들어온다.

박상사   기상! 전체 밖으로, 밖으로 나온다… 대답 안 하나! 어물쩍대지 말고 빨리빨리 나와!

대수와 윤백, 한훈은 서둘러 나간다.
산을 타고 있는 소년들, 힘겨워 보인다.
위신복 뒤 돈 채 인터뷰어가 된다.
(* 위신복은 이후 다양한 배역을 맡기에 뒤로 돈 채 진행할 것을 권한다.)

위신복 소년들은 매일 같이 산을 탔어요. 낮에는 타이어를 끌고 산을 올랐고, 군인들이 무리지어 소년들을 맡았어요. 저항할 수 없었어요. 그들은 총을 가지고 있었기 때문에.

허리에 타이어를 끌고 산을 타는 소년들의 모습이 보인다.
타이어를 끌다 넘어지는 한훈, 박 상사는 발로 걷어차며 그들을 산 언덕으로 올렸다.

위신복 칠흑같이 어두운 새벽부터 길도 없는 산을 뚫고 다녔어요. 그러다 밤이 되면 군인들은 아무 소리도 없이 사라지곤 했어요.

산 중턱에서 앉아있는 소년들, 한밤중이다.

위신복 그곳에서 공포에 휩싸인 채 하룻밤을 보내기도 하고, 지금 생각해보면 어둠에 익숙해지라는 뜻이었던 거 같아요. 한참을 그렇게 있다가 군인들은 다시 우릴 찾아와 같이 내려가곤 했죠. 소년들은 낮에도 산을 떠나지 않았어요. 허기도 산에서 해결해야 했어요.

이윤백 (대수를 보며) 배 안 고파?

김대수 나는 괜찮아요.

이윤백 나중에 배고플걸.

김대수 이 짓도 하다 보니 배고픔도 적응되던데요.

16

이윤백   속 좋은 놈.

김대수   얼마나 됐죠?

이윤백   체감상 9시간쯤.

김대수   그거 말고. 내가 여기 오고 며칠이나 됐죠.

이윤백   한훈이… 숙소에서 작대기 그어놓지 않았어?

심한훈   긋다 말았어요.

김대수   왜.

심한훈   기억이 안 나서. 오늘 아침에 내가 작대기를 그었었나.

이윤백   많이 힘드니.

김대수   그냥 집에 엄마 혼자 있는 게 마음에 걸리네요.

나무에 기대앉는 대수.

김대수   내가 숙소에 갇혀서 어젯밤 무슨 생각 했는지 알아요? 옥수수를 삶고 있었어요. 엄마가 말이에요. 지긋지긋한 옥수수, 그마저도 나라에서 공짜로 얻어온 것이 아니면 먹을 수가 없었죠. 냄새만 맡아도 속이 울렁거렸어요. 그러다 군인들이 어린 남자아이들을 모은다는 소식을 듣고 산으로 올라가 숨을 준비를 하고 있었죠. 엄마가 허겁지겁 비닐봉지에 덜 익힌 옥수수를 전부 다 넣어주는데 덜 익히니까 이게 옥수수 냄새가 코를 찌르는 거예요. 엄마는 그거라도 가지고 올라가라고. 이상하게 엄마 얼굴을 보는데 짜증이 났어요. (목이 메는) 옥수수 죄다 방

바닥에 내팽개치고 나왔는데, 내가… 내가 나오면서 뒤돌아 엄마 얼굴을 보지 못했어요. 우리 엄마는 무슨 표정을 지으며 나를 쳐다보고 계셨을까요. 걱정 가득한 표정이었겠죠. 엄마는 항상 그랬으니까. 걱정 말라고, 괜찮다고 손 한번 잡고 나올걸. 나 그 옥수수 냄새가 계속 생각나요.

이윤백 걱정 마라 잘 계실 거야.

김대수 앞으로도 혼자 계실까 그게 걱정돼요.

심한훈 (울며) 무서워요. 집에 가고 싶어요.

김대수 재수 없는 소리 하지 마. 총 맞아 뒤지고 싶냐?

이윤백 김대수.

김대수 징징대는 것도 하루 이틀이지.

이윤백 왜 이래?

김대수 어떻게든 북으로 잘 넘어가서 살아 돌아올 생각을 해야지. 안 그래요?

이윤백 조용히 해.

김대수 안 그래도 이 새끼 때문에 자꾸 처지잖아. 쉬었다 걸었다 하면서 힘 더 빠지게.

이윤백 야!

윤백, 대수를 잡아 올리는데, 김대수의 얼굴에 눈물이 가득하다.

김대수 악착같이 살아남아서 북에 갔다 오는 수밖에 없잖아요.

어떻게든 버텨서 살아 돌아와야 그래야, 우리 앞으로 살 수 있는 거 아니에요?

대수, 윤백의 팔을 뿌리치고 반대쪽으로 향하는데 박 상사를 만난다.
박 상사, 대수를 보자마자 발로 걷어찬다.

박상사 어디서 울고 자빠졌어.

이윤백 교관님—!

박상사 내려간다. (사이) 넘어가면 숨도 조심히 쉬어. 머리통에 구멍 나기 싫으면.

김대수 왜! 왜 우립니까!

박상사 (슬쩍 대수를 돌아보고 이내 가까이 간다) 너는. 네가 선택받아서 여기 왔다고 생각하나? 신체능력이 뛰어나서? 아니면 운이 없어서 뽑혔다고? 이봐 김대수.

김대수 … 네.

박상사 왜 네가 끌려왔는지 알고 싶나?

김대수 ….

박상사 … 그걸 알고 싶으면 살아서 돌아와라. (사이) 내려간다.

해설자 그 당시 상황이 그 정도로 남북관계가 안 좋았었나요?

위신복 사람들은 잘 모르지만, 그 시절 남북관계는 보이지 않는 치열함이 있었죠. 1968년 10월 30일 울산 삼척지역 무장공비 침투, 1970년 6월 5일 북측 해군 함정 2정 납북,

1970년 6월 22일 국립묘지 현충문 폭파, 1971년 5월 14일 묵호 무장간첩선 침투 등 북은 끊임없이 우리나라를 도발했어요. 이에 우리나라는 커다란 복수를 준비하고 있었던 거죠.

다시 폐공장으로 들어오는 소년들.

위신복　소년들이 받은 훈련은 주로 체력훈련이었어요. 북파를 하려면 소년들의 체력이 가장 중요한 문제라고 했어요. 아마 오랜 시간 그곳에 갔다가 넘어올 것이 걱정되었던 탓이었겠죠. 산을 잘 타기 시작하자 교관들은 우리에게 모래주머니를 지급했어요. 소년들은 모래주머니를 항상 차고 있었고, 그 상태로 우리끼리 맨손으로 싸움을 붙이기도 하였죠.

해설자　총은 지급하지 않았나요?

위신복　(소년들을 쳐다보며) 총은 지급하지 않았어요.

소년들, 서로 마주 보고 맨손 격투를 하고 있다. 박 상사가 이를 지켜본다.

박상사　너희는 아무런 무장도 하지 않은 채 북파된다. 한마디로 몸뚱어리 하나 가지고 북을 넘어야 하는 것이다. 때문에 만약 발각 당했을 시 맨몸 전투로 살아남아야 한다. 너희는 어리기 때문에 그들이 쉽게 방심할 수 있을 테니 운이 좋으면 빠져나올 수 있을 것이다.

대수와 한훈 마주 보고 격투하는데, 대수는 한훈이 걱정되는 마음에 온 힘을 다해 격투하기가 어렵다.

박상사　　내 앞에 있는 사람이 빨갱이 새끼라고 생각하고 상대를 하란 말이야. (그들의 격투를 보며) 김대수―!

박 상사는 한훈을 상대하는 대수가 답답하다.
이내 한훈을 발로 걷어차는 박 상사.

김대수　　지금 뭐하는….
박상사　　네 앞에 있는 사람이 빨갱이라고 생각하라고. 그럼 발이 이렇게 나가지 않겠어?

대수, 한훈을 일으켜주려 하는데 구타하는 박 상사.

박상사　　빨갱이를 일으켜주게 돼 있나.
김대수　　애잖아요!

박 상사에게 덤벼드는 대수. 박 상사 잠시 당황하지만, 잠깐의 격투를 끝으로 박 상사에게 제압당한다.

주머니에서 **총**을 꺼내서 김대수의 머리에 들이민다.

박상사   미쳤어?

김대수   빨갱이라고 생각하고 해봤습니다.

박상사   하극상이야?

김대수   어차피 우린 계급도 없잖아요.

박상사   … 실전에서 이런 식으로 했다간 바로 머리에 구멍 나.
            내 말이 틀려?

김대수   애잖아요.

박상사   그쪽도 애새끼면? (사이) 그쪽엔 애새끼 없을 거 같아? 북
            에선 총 칼 들고 애들 붙여. 서로를 죽이라고. 근데 네가
            그 새끼들 손잡아 줄 여유나 있을 거 같아?

김대수   왜 애새끼들입니까.

박상사   뭐?

김대수   왜 총 한 자루도 안 쥐여주고 남북은 서로 애새끼들을 보
            내느냐고요.

박상사   … 북을 갔다 돌아와. 그리고 다시 물어봐라.

박 상사, 자리를 벗어나고, 소년들 서로를 바라본다.
빗소리가 들리기 시작한다.

위신복   그로부터 며칠 후 캄캄한 새벽, 박 상사가 갑자기 소년
            들은 깨웠어요. 전혀 예고되지 않았던 날이었죠. 박 상사

는 소년들을 맨몸으로 북으로 보냈어요.

해설자 몇 월쯤이었죠?

위신복 그저 날씨가 몹시 추웠던 어느 날이었어요. 우리는 산언덕 마을이 보이는 곳쯤을 한참 내려와서야 그곳이 파주인 것을 알았죠. 파주에서 임진강으로 그리고 개성까지 향하는 것이 저희의 임무였어요. 파주시에서 임진강을 건너 북으로 가는 루트가 가장 짧았기 때문에 그쪽으로 이동했죠. 우리나라 측은 북한이 좋지 않은 상황이라면 겨울에 강이 얼어붙은 틈을 타 북을 건너갈 계획도 있었어요. 그날은 강물이 얼어붙지 않아서 우리는 얼지 않은 강을 헤엄쳐 건너가는 수밖에 없었죠. 임진강을 통해 파주시를 경유하는 루트는 북측에서도 가장 짧았기에 간첩침투가 활발한 지역이었어요. 김신조와 부대원들도 그곳을 이용했고, 이후 1995년 북한 무장공비 침투 역시 이곳이었죠. 우리에겐 이곳이 암묵적으로 북으로 향하는 지름길이었어요.

해설자 그럼 그곳에서 간첩을 만나는 일도 있었나요?

위신복, 말없이 해설자를 바라본다.
소년들, 수풀을 헤치며 앞으로 향하고 있다.
그들은 강을 건넌 듯 몸이 흠뻑 젖어있다.

심한훈 형, 형 잠깐만!

이윤백　(속삭이며) 조용히 해라! 죽고 싶어?… 쉬었다 가자. 힘들다.

김대수　이쪽으로 가는 게 맞는 거지?

지도를 펼쳐보는 윤백.

이윤백　여기까지 오니까 이제 잘 모르겠다. 맞는 거 같다.

위신복　이론과 실전은 다른 법이죠. 백날 들여다봤던 지도는 그날따라 백지 같았어요. 심지어 비까지 내리기 시작했죠. 옷은 다 젖은 지 오래고 진흙 속에서 산을 오르기 시작했어요. 여기 있는 소년들 말고도 꽤 많은 소년들이 그날 북파되었다고 들었어요.

이윤백　이제 산을 내려가야 한다.

어딘가에서 들려오는 총소리. 누군가의 비명소리도 들린다.
두려움에 떠는 소년들.

이윤백　여기서부터 찢어져야해. (한훈 보며) 잘 갔다 올 수 있지?

심한훈　… 네.

이윤백　한훈이는 이쪽으로. 대수는 저쪽이다. 다들 알지?

김대수　….

이윤백　김대수ㅡ!

김대수　(놀라는) 응.

이윤백　정신 차려.

김대수	미안.
이윤백	정신 똑똑히 차려야 한다.

이윤백, 대수의 얼굴을 잡는다.

이윤백	살아서 만나자. 우리 어머니 국수집 하신다. 다시 만나면 국수 곱빼기로 만들어 줄….

수류탄이 앞에 떨어진다.

김대수	수류탄이다!

이윤백이 수류탄을 덮치고 쓰러진다.
수류탄이 터진다. 귀가 먹먹하다.

김대수	윤백… 형?
심한훈	으… 으… 으으―!

한훈을 끌어내리는 대수.

김대수	엎드려.

북한군 소리 들린다. 한훈을 끌고 몸을 숨기는 대수.

심한훈   윤백이 형. 윤백….

김대수   (한훈의 입을 틀어막고) 조용히 하라고 이 개새끼야!

북한군 소리 들린다.

"여기 발견했습니다."

"뭐야? 어린애 아냐?"

"종간나 새끼들, 애까지 보내고 쌍! 더 있을지도 모른다. 뒤져."

"예."

겁에 질려 한훈의 입을 꽉 틀어막은 대수. 숨이 막혀 발버둥친다.
그러나 대수는 힘을 풀지 않고 꽉 틀어막는다. 서서히 몸이 늘어지
는 한훈. 소리가 점점 멀어지고 나서야 입을 풀어주는 대수.
그제야 죽어있는 한훈을 발견한다. "한훈아. 한훈아" 흔들어보는데
눈뜬 채 죽어있는 한훈은 미동도 없다. 대수는 눈물이 왈칵 쏟아지
는데 소리를 지르지 못하고 꺽꺽대기만 한다.
위신복, 뒤 돈 채로 의자에서 일어난다.

위신복   파주 공장에 갇힌 한 소년이 있었어요. 그는 임진강을
건너서 북으로 북파되었죠. 그 소년의 이름은 김대수. 그
는 산을 내려가지 못했어요.

해설자   왜 내려가지 못했죠?

위신복   너무… 겁났던 거겠죠. 그는 아직 어렸던 거예요. 앞으
로 뛰어 내려가야 하는 그는, 한참을 그 자리에 서 있

었죠.

해설자 그 당시 나이가.

위신복 17살이었어요. 물론 더 어린 친구도 있었죠. 때문에 항상 어른스러운 척 했지만, 그는 그저 겁 많은 어린아이였어요.

여기저기서 비명소리 울려 퍼진다.

위신복 소년은 비명소리에 흠칫 흠칫 놀랐어요. 그 비명소리가 왠지 윤백이 형의 소리 같기도, 한훈이의 소리 같기도 했어요.

김대수 엄마… 엄마.

위신복, 뛰며 무대에서 퇴장한다.
뒤돌아 뛰기 시작하는 대수.

해설자 소년은 그렇게 한참을 뛰어 다시 임진강을 향해 내려갔다고 합니다.

위신복, 등장해 '무대1'로 들어간다.
위신복은 소년남파공작원역을 맡는다.
소년남파공작원은 북한말을 쓴다.

해설자   그곳에서 소년은 북측의 한 소년을 만나게 됩니다.

김대수   혼자니? 다른 친구들은 어디 갔어?

북공작원 누구야.

대수, 북공작원을 보고 멈칫, 서로를 알아본다.
대수, 북공작원을 향해 달려들고 몸싸움 일어난다.
북공작원, 엎어지고 대수가 목을 조르는 상황이다.

김대수   북한 새끼들, 너네도 남쪽 정보 캐오라든? 그래서 가서
            뭘 보고 왔어? 왜 돌아오니? 원하는 정보 다 가지고 왔
            어? 너네만 없었어도 이런 일 당할 일 없었잖아. 너네만
            없었어도. 죽어. 죽어—!

'탕, 탕!', 위신복, 주머니에서 총을 꺼내 대수의 허벅지와 종아리에
쏜다.
비명 지르고 엎어지는 대수.

김대수   이 개새끼. 이 개새끼야—!

목이 막혀 캑캑대는 위신복.

김대수   죽어. 죽어—!

다가오는 위신복, 대수는 손을 휘두르다 이내 의미 없음을 알고 씩씩댄다.

한참을 대수를 쳐다보는 북공작원.

김대수　뭐야.

북공작원　나도 넘어 갔다 오고 싶어서 간 거 아닙니다. 나한테 왜 그럽니까. 내가 당신한테 피해줬습니까?

김대수　빨갱이 새끼들. 다 똑같아. 니들을 경멸해.

북공작원　왜 우릴 싫어합니까.

김대수　우리 아빠가 니들 총에 죽었으니까.

북공작원　(사이) 우리 어머니는 남한 군인 총에 맞아 돌아가셨습니다. 그래도 나는 남한 안 미워합니다.

김대수　그럼 나도 쏴 죽여. 쏴 죽여―!

북공작원　(사이) 아부지가 월남을 시도하고 돌아오질 않습니다. 아부지가 남한 가서 연락한다고 했습니다. 나 아부지 소식 궁금해서 갔다 오는 겁니다. 안 그러면 남으로 넘어갈 수 없습니다.

김대수　구라치지 마 미친 새끼야.

북공작원　동생이 인질로 잡혀있습니다. 돌아가지 못하면 동생도 끝입니다. (사이) 쫓아오지 마십쇼. 이번엔 다리 하나로 안 끝납니다.

김대수　왜 날 살려주냐.

북공작원　우리 모르는 사이 아닙니다. 우리 남 아닙니다. 아버지가 북한 사람한테 죽었습니까? 그렇다고 해서 북한 모두를 적으로 매도하지 마십쇼··· 당신은 그래도 행복한 겁니다.

김대수 뭐?

북공작원 가족을 지키려 나라를 지키려 싸운 거 아닙니까.

서서히 뒤로 물러서는 대수와 북공작원.

북공작원 (목이 메는) 배신당한 것보단 훨씬 낫다 이 말입니다. 쫓아오지 마십시오.

서서히 뒤로 물러서는 대수와 위신복, 이내 사라지는 북공작원.
북공작원은 다른 인물과 마찬가지로 '무대2'의 의자에 앉는다.

김대수 (사이) 어차피 못 쫓아가 새끼야··· 우린 남이야··· 적이야.

얼굴에 눈물이 가득한 채 쩔뚝거리며 남으로 넘어오는 대수.

해설자 소년은 그렇게 정해진 임무를 수행하지 못하고 겁에 질려 남으로 복귀했습니다. 허벅지와 종아리에 총을 두 발이나 맞고, 임진강을 죽을힘을 다해 건넌 소년은 더 이상 한쪽 다리를 쓰지 못하게 되었다고 합니다.

박 상사, 기어오고 있는 대수를 만난다.

박상사 뭐야. 김대수 너….

김대수 나… 너무 무섭습니다. 나 총까지 맞았습니다. 나는 (고개를 절레절레) 나는 북한에 넘어갈 수 없습니다.

박상사 이런 개—새끼가!

박 상사, 다리가 다친 대수를 마구 때린다.

해설자 정해진 임무를 시도도 못 한 것이 화가 난 군인은 다리도 성치 못한 소년을 구타했다고 합니다. 그리고 소년은 파주 폐공장에 다시 갇혔습니다. 왜 군인은 그를 죽이지 않았던 것일까요.

대수, 창고에 갇혀 울고 있다.

해설자 소년은 한참을 그곳에 있었습니다. 기억이 나지 않을 정도로. 그는 공장 밖을 나가면 군인들이 자신에게 총을 쏠지도 모른다고 생각했습니다. 때문에 아픈 다리를 부여잡고 몇 날 며칠 그곳에서 숨을 죽이고 있었습니다. 그는 생각했습니다. 정말 북한 때문에 자신이 이렇게 된 것인지. 북한이 적인지 내 나라가 적인지. 기억나지 않을 정도로 시간을 보냈던 소년은 배고픔을 참지 못하고 폐공장에서 나오게 됩니다. 이젠 총 맞아 죽어버려도 상관없다는 심정으로.

커다랗게 공장 문을 여는 소리가 들린다.

대수, 문 앞으로 기어 나온다.

김대수 살려… 주세요. 살려주세요―! 저 좀 살려주세요.

해설자 1972년, 남북 간의 정치관계가 화해무드로 전환되면서
당초의 보복계획은 백지화되었고, 그에 따라 존재 목적
이 없어진 684부대와 모든 소년공작원들은 해체명령
이 떨어졌습니다. 이에 684부대원 일동은 해체에 저항
해 간부들을 살해하고 버스를 탈취해 공군 본부를 폭파
하기 위한 사건을 벌이기도 하죠. 어찌 된 영문인지, 군
인들은 소년에게 다시 찾아오지 않았습니다. 어쩌면 잊
어버렸을 수도 있겠네요. 소년들은 그저 소모품에 불과
했으니까. 아니면 다른 북한군의 총에 맞아 교관이 사살
당했을 수도.

남북 공동성명 체결되는 영상이 스크린에서 나온다.

> 영상 4 – 남북 공동성명 체결되는 장면.

대수를 제외한 사람들은 영상을 TV 보듯 쳐다보며 박수친다.

이내 환호하고 뛰어다닌다.

해설자 그렇게 1972년 7월 4일 남북공동성명이 체결됩니다. 이

로써 남한과 북한은 공동성명 정신에 따라 서로간 공작원을 파견하지 말자는 약속을 하게 되고 공식적으로 대한민국에 있는 모든 북파공작원은 사라집니다.

김대수, 무대 앞까지 기어 나온다.

김대수   살려주세요. 제발 저 좀 살려주세요―!

해설자   국가적인 축제에 국민들은 열광했고, 소년은 그렇게 잊혀져갔습니다. 아무도 소년의 소리를 듣지 못하였습니다.

뛰어다니는 사람들, 대수가 보이지 않는 듯 서로 환호한다.
그들의 소리가 커졌다가 이내 점점 들리지 않고 슬로우 모션으로 비춰진다.
정상의 속도로 움직이는 건 대수뿐이다.

해설자   그렇게 대수는 소년공작원이라는 꼬리표를 달고 세상에 다시 나옵니다. 그러나 소년공작원이 있었다는 사실도 그들이 행했던 훈련들에 대해서도 정부는 함구하기 시작합니다. 그렇게 북파되었던 소년공작원은 지워져갔습니다. 우리가 궁금해진 것은 남겨진 그의 삶이었습니다. (사이) 우리는 취재 끝에 아직 생존하고 있는 김대수 씨를 만날 수 있었습니다. 백발이 무성해져버린 그 당시의 소년은 여전히 어둠 속에서 살아가고 있었습니다. 처음 본

그의 모습은 가히 충격적이었습니다. 지옥 같은 기억 속 소년이었던 그는 백발이 무성한 노인이 되어있었습니다. 우리는 그를 이곳에 모셔 이야기를 들어보기로 했습니다. 김대수 씨.

객석 문이 열리며 늙은 대수가 다리를 쩔뚝이고 무대로 나온다.
대수는 계속해서 소리치지만 아무도 들어주지 않고 그 목소리는 점점 작아지고 쉬어간다.

김대수   살려주세요 ─! 살려주세요 저 좀 ─! 누가 제 얘기 좀 들어주세요 ─!

늙은 대수는 어린 시절 자신의 모습을 마주한다.
기어오며 살려 달라고 하는 어린 대수를 끌어안는다.
끌어안고 오열한다.
암전.

3장

불이 밝으면, 위신복이 인터뷰하던 자리에 늙은 대수가 앉아있고, 해설자는 늙은 대수를 바라보고 있다.

'무대1'은 비어있고 배우들 각자의 의자에 앉아있다.

해설자 김대수 씨, 이제 이야기해도 괜찮아요.

늙은대수 (중얼대는) 1972년 내가 그날을 잊을 수 있겠냐고 그게 시작이었어. 아니야. 내가 대체 왜 이렇게… 1982년 엄마한테 편지를 썼어 돌아오라고 엄마가 그러자 내 눈에 보이기 시작했어.

해설자 김대수 씨, 눈에 보인다는 게 대체 무슨 말씀이세요.

늙은대수 알아서 생각해. 내가 그걸 왜 알려줘야 되는데. 난 엄마를 보고 허겁지겁 편지지를 찾기 시작했어. 모두가 나타날 것이라고 생각했거든 그럼 내 죄를 그들에게 고백해야겠… (격분하는) 아니 죄는 아니지! 내가 죽음으로 밀어넣은 건 아니지 않나―!

해설자 저기!

늙은대수 (해설자의 팔을 잡으며) 당신이지. 당신이 죽였어. 진실을 듣고 싶어?

해설자 … 네.

늙은대수 그렇다면 돈을 가져와 (호탕하게 웃는) 아니 빵을 가져와.

(사이) 내가 어떤 표정으로 그곳을 빠져나갔는지 당신이 알아? 내가 어머니를 만났을 때 어떤 감정이었는지… 기억 안 나. (엎어져 흐느끼는) 기억이 안 나.

다리를 절뚝이며 '무대1'로 들어가는 김대수, 엄마를 찾는다.
늙은 대수는 '무대1'의 상황을 들여다보고 중얼대기 시작한다.
(*그 소리 들리지 않는다.)
해설자는 그의 중얼거림에 귀를 기울이다 이내 '무대1'로 시선을 옮긴다.

김대수   엄마—! 엄마—!

엄마, '무대1'로 등장한다.

(*이후 장면은 엄마가 실어증을 앓고 있는 상태이다. 무대 위에선 아무런 소리도 내지 못하고 입만 뻥긋대지만, 감정표현을 위해 대사를 따로 표기해둔다.)

엄마   (놀라 눈이 크게 떠지며) (*대수? 우리 아들 대수 아니니? 너… 너 어떻게 된 거야. 너! 어떻게 된 거야.) …! ….

김대수   (눈물이 흐르) 엄마… 엄마. 왜 나 안 찾았어. 나 안 보고 싶었어?

엄마   (*엄마가 못나서 그래. 엄마가 미안해. 엄마가.) ….

김대수   이제까지 나 안 찾고 뭐 했어―! (울음과 딸꾹질이 섞여 무슨 소린지 모를 정도로 빠르게) 엄마 나 북한 갔다 왔어. 북한에 갔다 왔어. 갔다 오면 엄마하고 나하고 평생 잘 먹고 잘 살게 해 준다 그래서. 군인들한테 훈련도 받고 거기나 말고도 형, 동생도 만났고, 엄청 맞았어. 훈련하면서. 엄마 나 북한 새끼한테 총 맞아서 다리가 너무 아파. 죽을 것 같아. 아니 죽을 것 같았어. 나 너무 무서웠어. 너무 무서워서 죽을 것 같았어. 근데 엄마를 내가 혼자 두고 나온 게 마음에 걸려서. 내가 그러질 말았어야 했는데. 내가 엄마한테 그러질 말았어야 했는데.

조금 진정된 김대수.

김대수   임진강 건너서 북으로 갔어. 총 맞고 다시 돌아왔어 임진강 건너서 여기까지.

엄마   (＊살아 돌아왔으니 그걸로 다행이다. 일단 집으로 가자.) ….

엄마는 김대수를 잡아끄는데 대수가 엄마의 팔을 잡아 멈춘다.

사이.

김대수   그냥 잠깐만 여기 같이 있자.

하염없이 눈물이 흐르는 엄마.

김대수   엄마… 조금 있다가 옥수수 삶아 줘. 나 그 옥수수 비린 내가 그렇게 생각이 나더라. 나 거기서 먹고 싶은 거 진짜 많았거든. 엄마가 그때 나 붙잡고 옥수수 가져가라고 했는데… 내가 내팽개쳐서… 근데 그 옥수수가 제일 먼저 생각나는 거야… 내가 너무 모질게… 옥수수를 바닥에 내팽개치고, 항상 내 옆에 있을 줄 알았어. 그래서 내가 그랬나 봐. (사이) 나 엄마 볼 생각으로 그래도 악착같이 버텼다. 이제 지옥 같던 그날들 잊자. 이젠 평생 절뚝거리며 걸어야겠지만. 이제 더 이상 달릴 수 없겠지만… 엄마가 나 달리기 잘한다고… 달리기 선수 되라고….

엄마   (＊아니야. 달리기 선수 안 해도 돼. 달리기 이제 안 해도 돼.) ….

문득, 대수는 엄마가 말을 안 하고 있다는 사실을 깨닫는다.

김대수   근데 엄마, 왜 아무 말도 안 해?
늙은대수   절름발이 아들과 실어증 엄마. 절름발이 아들과 실어증 엄마. 다 내 잘못이라고. 내 탓이라고.

곧 무대가 어두워지면, 김대수 홀로 '무대1'에 서 있다. 대수는 여러 사람이 자신을 보고 손가락질하는 듯 주변의 시선을 느끼고 무서워하다 결국 주저앉는다.

소리 1   이쪽 길로 지나가려면 통행료를 내야 돼.

김대수   예?

소리 2   네가 항상 이 길을 이용하니까 우리한테 돈을 내야 한다
는 뜻이지. 돈이 없으니까 그 대신 오늘 배급받은 건 놓
고 가. 그거 어차피 공짜잖아.

지우고 싶은 기억인 듯 고개를 흔드는 대수, 아니라고 계속 속삭인
다. 소리는 하나 둘씩 겹쳐지고 커진다.

소리 3   쟤 다리 총 맞아서 저렇게 된 거래.

소리 4   총 맞고 도망갔다고 그러던데.

소리 5   엄마는 벙어리라며? 벙어리라도 처먹을 입은 뚫려있나
보지.

소리 6   다리병신 주제에 먹고 살고 싶긴 한가 보지.

소리 7   에라이 병신새끼 나 같으면 벌써 뒤졌겠다.

김대수, 넘어진 채로 정면을 향해 절규의 소리를 내지른다.
대수가 이후 머리를 쥐어뜯으며 바닥을 뒹구는데, 앞으로 엄마가
등장한다.

영상 5 – 엄마 필담이 적혀있는 영상.

(* 엄마 필담을 위한 종이를 꺼내 들고, 아래 대사들은 스크린에 필

담 대사에 써져서 관객들이 볼 수 있도록 한다.)

엄마 (＊얘, 여기서 뭐하니?) ….

김대수 왜 나왔어 또. 밖에 나오지 말라니깐.

엄마 (＊바닥에 흙 다 묻히고.) ….

대수, 일으켜주는 엄마.

김대수 됐어. 내가 일어날 수 있어. 나 때문에 나왔어?

엄마 (＊하도 네가 안 오기에.) ….

김대수 몰라. 들어가.

엄마 (＊옥수수는? 엄마 물 끓이고 있었어.) ….

김대수 오늘 배급 안 나왔대. 이제 이거 받기도 어려워졌다고.

엄마 (＊그래? 큰일이네. 이거 어떻게 흙 다 묻어가지고.) ….

엄마, 필담을 계속해서 적어나가는데, 대수 답답한 마음에 종이를 뺏어버린다. (이후 필담 영상은 나오지 않는다.)

김대수 그만 좀 해. 답답해 죽겠네. 됐어. 뭘 일일이 다 쓰려 그래.

엄마 (＊가자.) ….

김대수 엄마. 정말 나한테 말 안 할 거야? 내가 뭐 잘못했다고
이래.

엄마 (＊왜 이러니.) ….

김대수   답답해 죽어 내가. 나 돌아왔잖아. 나 다시 왔잖아. 도대
체 왜 이러는 거야.

대수를 한참 쳐다보는 엄마.

김대수   엄마 나 미치겠어. 미치겠다고. 우리 이렇게 살아야 돼?
엄마   (* 미안해. 넘어졌니? 괜찮아?) ….
김대수   … (눈물 나는) 알아들을 수가 없잖아… 우리 이제 어떻게
살아야 돼.

엄마, 눈물 글썽거린다.

김대수   엄마 미안해. 내가 미안해… 엄마가 미운 게 아니라 그
래서 그런 게 아니라…! 이렇게 돼 버린 우리가 미워.

끌어안고 오열하는 두 사람.

영상 6 – 1975년 주민등록 3차 개정 실시 영상.

동사무소. 자신의 차례를 기다리는 김대수.
직원 등장한다.

직원   네 다음 분 오세요. (얼굴 보고) 주민등록 개정 때문에 왔지?

김대수   발급이요.

직원   서류 줘 봐요.

대수가 서류를 넘겨주고, 직원은 서류를 보며 컴퓨터를 친다.
긴 사이.

직원   이상한데.

김대수   뭐가요?

직원   김대수 맞지. 김대식 씨 아니고요.

김대수   김대식이요?

직원   아니, 그게 아니라.

김대수   왜 그러시죠?

직원   사망처리… 되어있는데.

김대수   네? 아니 제가 여기 있는데….

직원   이름 김대식 아니야? … 김대식은 실종처리 돼 있네.

한참 동안 아무 말 하지 않는 대수.

직원   이봐! 이봐—!

김대수   (놀라는) 네.

직원   아무튼 사망처리 돼 있어서 주민등록증 발급이 안 돼.

김대수   아니 제가 이렇게 살아있는데.

직원   … 그게 아니고, 일단 기다리는 사람 많으니까 나한테 말하지 말고.

김대수 그럼 누구한테 말해요? 제가 여기 있잖아요.

직원 아니 당신이 김대수라는 증거가 없잖아.

김대수 증거요? 무슨 증거요.

직원 (당황하는) 아니, 그게 아니라. 사망처리 돼 있는데 나더러 어떻게 하라고.

김대수 (달려들며) 당신들이 뭔데 날 죽여. 내가 여기 이렇게 있는데 당신들이 뭔데 나를 죽여.

직원 이 새끼 이거 왜 이래?

뜯어말리는 사람들.

늙은대수 나는 살아있음에도 내가 살아있는 것을 증명해야 했지. 웃기지 이게 무슨 소린지? 주민등록증도 받을 수가 없었어. 나는 존재하지 않는 사람이니까. 아마 내가 살아있는 줄 몰랐을 수도 있겠다.

해설자 실종처리 된 김대식 씨는 누구였어요?

늙은대수 진정이 되니 앞이 보였고, 김대식이란 실종된 형이 있는 걸 알았지. 그 덕분에 주민등록증을 받을 수 있었고. 받지 말았어야 됐어. 그냥 죽은 채 살았어야 됐어.

해설자 왜죠?

늙은대수 받지 말았어야 됐어. 그냥 죽은 채로 살았어야 됐어. 점점 더 나를 옥죄어 올 족쇄. 받지 말아야 됐어 족쇄를 내

발목에 채우지 말았어야 했어.

'무대1' 집배원이 가방을 멘 채 서 있다.
대수의 집 문을 두드리는 집배원.

집배원 저기요! 저기! (사이) 없나.

등 뒤로 등장하여 집배원을 건드리는 엄마.
필담으로 대화한다.

집배원 아이 깜짝이야! 귀신이에요?
엄마 (배시시 웃는) ….
집배원 아 이 집이구나. 미안합니다. 잘 지내셨어요?
엄마 (＊덕분에요.) ….
집배원 아니 말씀을 안 하시니까 집에 있는 줄 알 수가 있어야
지. 아들은 집에 없어요?
엄마 (＊일하러 갔어요.) ….
집배원 네? 아 일, 일. 직장 다녀요?
엄마 (＊직장은 아니고, 그냥 잠깐 하는 거예요.) ….
집배원 아 그냥 잠깐 하는 거? 무슨 일 하는데요?
엄마 (＊요 앞에 건물…)
집배원 (필담을 누르며) 아 예예. 괜찮아요. 아니 어머니랑 얘기하
려면 한세월이니까. 아니, 기분 나쁘라고 한 말은 아니고

요. 아 참, 내 정신 좀 봐. 이거 이거.

가방에서 영장을 꺼내주는 집배원.

엄마　　(＊이게 뭐요?) ….

집배원　아 아, (어깨 붙잡고) 아들도 군대 가야죠. 이름이 뭐라 그
　　　　랬지? (영장 보며) 그래 대식이. 다 컸는데 나라 지켜야지.
　　　　나이 차면 총 쏘는 법도 배우고 그래야 돼요. 그래야 유
　　　　사시에 어머니 지키고 하는 거지. 그래서 아들을 낳아야
　　　　돼. 아들을. 우리 여편네 이번에 애 낳는데 딸일지 아들
　　　　일지 거참. 그나저나 아들내미 다리 아프지 않아요? 가
　　　　서 검사 한번 받아보면….

엄마, 영장 받고 무너진다.

집배원　어머니? 아니, 왜 그러세요. 어머니—!

늙은대수　이놈의 나라는 지들이 나한테 한 일을 잊고서 또다시 날
　　　　불러냈어. 형, 김대식은 돌아왔으니까. 이 나라는 내가
　　　　나랏일을 했다는 것도, 나랏일을 하다가 다리를 절게 되
　　　　었다는 것도 다 까먹은 거야. 미친 새끼들. 아니, 생각한
　　　　적도 없으니 까먹었다고 이야기할 수도 없겠다.

해설자　다리를 전다면 군인이 될 수 없잖아요. 그래도 군대를
　　　　입대하셨단 말인가요? 그 당시가 그토록 말이 안 통하

는 시대였단 말입니까? 어찌 실어증이 걸린 어머니를 두고….

늙은대수 (자르며) 군대 안 갔어… 그리고 어머니는 벙어리가 아니었지.

해설자 네?… 이제까지 어머니께서 말씀을 잘 못했다고. 하나도 알아들을 수가 없어요. 이렇게 하시면….

늙은대수 (웃으며) 벙어린 줄 알았어. 죽기 전까지. (사이. 정면을 가리키며) 저길 봐봐. 저기.

해설자 저기 뭐가요?

늙은대수 안 보이는 모양이군. 젠장. 나만, 나만 보이는 가봐.

사이.
갑자기 흐느끼는 늙은 대수,
엄마 생각에 정신이 이상한 늙은 대수는 소년이 된다.

늙은대수 그날… 꿈을 꿨어요. 꿈이었는지 아닌지는 잘 모르겠지만. 어머니가 말을 하던, 꿈같지 않던 꿈. 꿈이 아니었으면 했었는데 그게 또 꿈이 아니어서 악몽이었던 그날.

해설자 언제를 말씀하시는 거죠?

늦은 밤, 하늘에는 보름달이 떠있다.
대수, '무대1'에서 이불 덮고 자고 있고, 엄마, 주저앉은 채 태극기를 들고 보름달을 바라보고 있다.

엄마, 큰 결심을 한 듯 대수를 바라본다.

엄마　　대수야. 일어나봐. 대수야.

김대수　(뒤척이는) 누구세요.

엄마　　….

김대수　엄마? 엄마 방금 말 한 거 맞지? 엄마 !

엄마　　엄마 말 똑바로 들어.

김대수　엄마 ― 왜 이제야 말을 해. 내가 얼마나 기다렸는데.

엄마　　세상 살아가려면 돌덩이처럼 단단해야한다.

김대수　이제 말을 하는 거야?

엄마　　그래. 성치 못한 몸으로 살아가려면 정신 똑똑히 차리고 살아야해.

김대수　내가 언제 정신 안 차리고 살았다고.

엄마　　늦었다. 이만 자.

김대수　엄마가 깨워놓고.

엄마　　엄마도 곧 잘 거야.

김대수　(다시 누우며) 그래도 엄마가 다시 말하니까 너무 좋다. 대체 그동안 왜 그랬던 거야.

긴 침묵.

엄마, 대수에게 등 돌린다.

엄마　　엄마가 말 못하는 거 온전히 너 때문은 아니니까 널 너무 자책하지 말아라.

김대수 … 무슨 소리야?

엄마 (사이) 죽은 늬 아빠, 전쟁터에서 북한군 총 맞고 죽은 거 아니야.

김대수 ….

엄마 다 내 탓이다. 내가 잘못한 탓이야. 이 에미가 식량이 없 어서… 그냥 이름만 쓰면 된다고 했어. 이름만 쓰면 쌀 을 배급받을 수 있다고 해서. 아무래도 군인인 늬 아빠 이름 쓰는 게 좋을 것 같아서 썼어.

긴 사이.

엄마 국민보도연맹에 가입되어. 늬 아빠 빨갱이로 몰려서 처 형당했어. 내 눈앞에서. 처형당한다는 소식 듣고 한걸음 에 뛰쳐나갔다. 두살배기 우리 대식이 내팽개치고, 거기 서 한참을 울었어. 한참 울다보니 문득 집에 두고 왔던 대식이 생각이 났어… 집은 온통 불바다였어.

울컥하는 대수, 그러나 티내지 않는다.

엄마 어디에서도 찾을 수 없었어. 믿고 싶지 않았어. 힘든 일 은 하나만으로도 힘든 거니까. 실종 신고를 하면 죄책감 이 덜 들 줄 알았지. 어딘가에는 살아있을 거란 생각으로 살아왔으니까. 뱃속에 있던 너 하나는 똑바르게 키워야겠다고 생각하며 살았으니까… 그래 맞아… 그날 그 집에 있었을 거야.

사이.

엄마 너는 북을 건넜다가 돌아왔고, 우리는 북한이라는 나라 때문에 나라가 이렇게 전쟁통에 혼란스럽게 되었지만, 북을 너무 미워하지 말거라… 나는 내 나라지만 내 나라가 밉다. 이렇게 시련을 자꾸만 주는 것이… 신은 견딜 수 있는 시련만 준다고 했거늘. 왜 견디기 어려운 시련만이 자꾸 이 애미에게 주어지는지 말이다.

울컥하는 대수, 펑펑 울음을 터뜨린다.
엄마, 태극기를 얇게 접는다.

엄마 널 평생 다리 절게 만든 것도, 애비 없는 자식이라고 만든 것도, 다 내 탓이다. 내가 막아섰더라면 내가 굶었더라면 다 달지 않을 꼬리표다. 오래 생각했어. 나의 지난날들의 후회를.

목이 메는 엄마.

| 엄마 | 넌 엄마처럼 살지 말아라. |

사이.

엄마	넌 나라에 봉사하며 살지 말아라.
김대수	(울음 참는) ….
엄마	그렇게 하기로 약속해야한다. 너에게 꼭 이야기해야 될 것 같아서.

엄마, 앉아서 울음을 터뜨리고, 대수는 엄마의 등을 보며 울음을 참는다.
엄마, 울다가 태극기를 들고 스크린 뒤로 퇴장한다.

늙은대수	그제야 나는 형의 존재를 말하지 않았던 어머니의 심정을 알게 되었습니다.
해설자	엄마가 말을 할 줄 알았던 건가요?
늙은대수	모르겠어요. 어쩌면 너무 잠결이었는지도 모르죠. 그저 꿈이었을 수도. 그렇게 울다가 잠이 다시 들었던 거 같아요.
해설자	다음 날 엄마가 다시 입을 다물었나요?
늙은대수	저도 그게 가장 궁금했어요. 그래서 아침에 일어나자마자 어머니를 찾았죠. 문을 박차고 나온 순간, 나는 지금 모든 순간들이 꿈이었으면 좋겠다고 생각했어요.

스크린 아래, '무대1'에는 대수만이 홀로 비춰진다.

스크린 뒤, 불이 밝으며 엄마가 목매달아 자살한 그림자가 보여
진다.

어머니의 자살을 목격한 대수의 표정이 보여 진다.

오열하는 대수.

늙은대수 그날 저의 꿈같지 않던 꿈속에서 그렇게 남기신 약속을
지키라고 하신 건지. 그저 그렇게 돼 버린 저와 돌아가
신 아버지에 대한 죄책감 때문이었는지는 모르겠지만,
어머니의 자살로 저는 고아가 되어 군대에서 면제됩니
다. 어머니께서는 이 사실을 알고 그러셨던 걸까요.

자리에서 일어나는 늙은 대수.

늙은대수 저는 어머니의 말대로 더 이상 나라에 봉사하지 않기로
다짐했습니다. 아니, 어쩌면 나라에게 저의 존재를 드러
낼 때마다 더 불행해지는 것이라고 생각했습니다.

영상 7 – 국가적 사건들, 빠르게 스쳐지나간다.

– 1986년도 아시안 게임 개최식 –

– 1987년 6월 민주항쟁 영상 –

– 1987년 노태우 국민 투표로 당선 –

– 1988년 88올림픽 개최 영상 –

– 1991년 남북 공동합의서, 남북동시 UN 가입 –

– 1995년 삼풍백화점 붕괴 –

영상과 늙은 대수의 대사는 더블로 무대에서 펼쳐진다.

늙은대수 저는 더 이상 나라에서 받을 수 있는 원조도 받지 않았고, 태극기는 물론 국가와 관련된 모든 물건을 밖에다 내다 버리거나 태워버렸습니다. 어쩌면 불행을 피하는 길은 나라를 등지는 것이라고 생각했기 때문이었을 것입니다. 나는 여기서 더 행복해질 수 없구나. 나는 그런 운명, 그렇게 태어났구나. 그저 더 불행해지지 않도록 발버둥치는 것이, 그것이 신의 소명. 나는 그저 나의 운명을 거부하고 행복하려 했던 것일지도 모르겠습니다.

늙은 대수, '무대1'로 들어가 김대수와 마주 본다.

늙은대수 그렇게 시간은 계속해서 흘렀고, 어머니의 말씀대로 저

는 돌덩이처럼 단단해졌습니다. 저는 마치 바닥에 박혀
있는 대지처럼 단단하여 누구도 저를 건드릴 수 없을 만
큼의 독기를 품고 있었습니다. 저는 지옥 같은 나날을
겪으며 마음이 늙어만 갔습니다.

늙은대수와 김대수, 시간이 경과되듯 서로 크로스 하여 위치를 바
꾼다.

두 사람 그 당시 어린 소년의 마음은 이제 나의 가슴 속에만 남
았고, 나는 쭈그러진 노인과 같은 마음이 되어버렸습니
다. 이제는 더 이상 내려갈 수 없는 지하 속에 있었고, 나
는 올라갈 생각도 없었습니다. 그저 이 지하에서 이만큼
불행하게 살아야겠다. 그러나.

늙은대수 (정면을 보며) 끝난 줄 알았던 시련은 나에게 계속해서 닥
쳐왔습니다.

암전.

4장

영상 8 – 2002년 한일 월드컵 주요 장면과 해설

VCR.

기자: 몸을 사리지 않는 선수들의 투혼 세계 강호들을 앞서는 수비력과 공격력 우리 대표 팀의 눈부신 성장 뒤에는 그동안의 피나는 노력과 땀방울이 배어있습니다. 압박과 스피드 축구가 지배하는 세계 축구의 흐름을 간파한 히딩크 감독은 1년 6개월 동안 치밀한 준비와 뛰어난 용병술로 23명의 옥석을 가려냈습니다.

CUT TO.

축구선수 이영표, 코너킥 올리고 엇나간 것 크로스 올리면
축구선수 박지성이 가슴으로 트래핑해 골을 넣는 장면.

불이 밝으면 '무대2', 늙은 대수가 앉았던 의자에는 김대수가 앉아 있고, '무대1'에는 드럼통 여러 개 보인다.
용역업체 인부들이 새벽 시간대에 드럼통 근처에 하나둘씩 모인다.
(* 인부와 팀장은 소년들이 대신한다. 또한 이후부터 인터뷰어는 '김대수'가 맡고, '무대1'에는 '늙은 대수'가 등장한다.)

인부 1	(인부3 발견하며) 아이고 오늘 나오셨네. 허리 안 좋으시대매.
인부 3	놀면 뭐하나 나와서 일해야죠. 어제 찜질 좀 하고 누웠드니 좀 나아.
인부 2	막걸리도 한잔 안하고 슆 집에 가더니 찜질하러 가셨구만요?
인부 3	인마 넌 술 좀 줄여라. 그러다 죽어.
인부 2	(웃으며) 이래 죽으나 저래 죽으나.

늙은 대수, 다리 쩔뚝거리면서 등장한다.

인부 1	김 씨 아저씨 오셨어요?
늙은대수	안녕하세요.
인부 2	아저씨 이리와 담배 하나 태워요.
늙은대수	….
인부 1	야 담배 안 태우셔 됐어.
인부 2	담배도 안 피우고 술도 안 하시고 뭔 재미로 사시나?
인부 3	(뒤통수 때리며) 조용히 해 인마. 세상 사람들이 다 너처럼 사는 줄 아냐?
인부 1	참 내. 아니 그건 그렇고, 그나저나 어제 포르투갈 전 봤어요?
인부 3	봤죠.
인부 1	아니 아저씨 없어가지고 얼마나 심심했는지. 아저씨가 (따라하며) 저 새끼 저거 에라이 새끼야. 내가 뛰어도 너보

다 잘 하겠다 하면서 욕을 해줘야 되는데.

인부 3 그 루이스 뭔지 그 새끼보다 내가 잘하겠더라. 뭔 유명
하단 놈이 송종국한테 쪽을 못 써요. 아저씨 축구 안 보
셨어요?

늙은대수 축구 안 좋아합니다.

인부 3 아니, 그래도 나라의 경산데.

늙은대수 (흘기며) 나는 경사 아닙니다.

인부 3 아, 네 미안합니다. (속삭이며) 왜 이렇게 까칠한 거야. 같
이 일하는 거 즐겁게 하면 좋잖아. 막걸리도 한잔하고.

인부 1 (속삭이며) 막걸리 안 한다고 이 새끼야.

인부들을 맡고 있는 팀장 등장한다.

팀장 자—자 안녕들 하세요. (명부 보며) 다들 오셨어요? 보자
박 씨 아저씨 오셨고, 김 씨 아저씨… 아저씨 괜찮아요?
다리 안 좋으시드만.

늙은대수 문제없어요. 내 이 다리 끌고 이 일만 20년째요.

팀장 어제 보니까 뭐 별 문제 없긴 한데… 여튼 오늘 하는 일
들은 다 아시겠지만 어제 했던 쪽 마무리 살짝 안됐는데
제가 끝내 드렸잖아요. 일단 그거부터 마무리하고, 잠깐
만, 아니 그 대머리 형님 안 오셨네. 오늘 오는 날인데…
아시는 분 없어요? 에이 씨발, 또 빵꾸네. 임무 분담 다
시 할게요. 아저씨는….

팀장을 주축으로 임무분담에 대해서 이야기하는 인부들의 소리가 작아진다.

김대수   그렇게 바람에 치이면 치이는 대로 고개 숙이고, 비가 떨어지면 맞으면서 그렇게 살았습니다. 다리병신이 뭐 할 일이 마땅히 있습니까. 어디 하나 끈덕지게 눌러앉아서 일하려 해도, 뭔가 문제가 생기기만 하면 모든 잘못이 나에게 쏠리기 일쑤였죠. 그저 용역업체에 가서 사정사정해서 하나씩 잡은 일들이 경력이 돼, 노가다를 하며 하루 벌어서 하루 살곤 했습니다. 누군가의 도움도 이젠 받고 싶지 않았고… 지금 생각해보면 왜 살았나 싶었습니다. 태어났으니 사는 거다… 내 목숨을 내가 끊을 용기가 없는 난 겁쟁이였으니까요.

해설자   혼자 지내셨나요?

김대수   누구와도 섞이고 싶지 않았어요. 나랑 섞이는 사람은 불행할 것이라고 생각했거든요. 일하는 동료들이 술 한잔 하자고 해도 자리를 최대한 피했고 말을 섞는 일도 거의 없었어요. 그저 난 조용히 묵묵히 일을 하는 그런 사람. 다리가 다쳤으니 무슨 상처가 있나 보다 그렇게 생각했겠죠. 유일하게 내가 하는 취미는 일을 하거나 쉬는 시간에 그들끼리 이야기하는 것을 귀동냥하는 일이었어요. 세상 돌아가는 일을 다 거기서 듣곤 했으니까.

봉지가 빵에 가득 채워져 '무대 1' 가운데 놓여있고, 인부들이 일하는 중간에 빵을 먹고 쉬고 있다.
한쪽에 떨어져 묵묵히 빵을 뜯고 있는 늙은 대수.

인부 2 먹어야 사는 겨 먹어야.

인부 1 크림 들어간 거 나 줘봐.

인부2, 봉지를 뒤지더니 옥수수빵 꺼내 대수에게 건네준다.

김대수 고맙습니다.

인부 2 거 옥수수빵 만날 먹으면 목 안 막혀요? 맛대가리도 없는 걸 자꾸.

인부 1 취향이야 인마 취향.

인부 3 오늘은 소주 어때 소주. 저번에 그 집 잘 하던데.

인부 1 저기 사거리 앞쪽에 있는 횟집 말하는 거지?

인부 2 거기 알바생 있잖아. 갸가 이뻐.

큭큭 대는 인부들.

인부 3 너도 봤냐?

인부 2 그럼요. 다들 눈이 있는데.

인부 1 야—! (사이) 걔 나한테 관심 있어.

인부 2 그럼 오늘 거기 가는 겁니다? 가서 물어보자고 누가 더 괜찮은지.

인부 3 왜 이래 아저씨들처럼.

인부 1 근데 그건 그렇고 거기 사장님 있잖아. 저번에 들어보니까 무슨 전쟁영웅이니 뭐니 하던데.

인부 2 그래요? 아니 지가 지입으로 그런 말을 해?

인부 1 습관처럼 하나 봐. 자기가 왕년에 어쨌는데 어쨌는데. 북을 몇 번 넘어 갔다 왔고.

놀라는 늙은 대수.

인부 3 북을 넘어 갔다 왔다고? 왜요?

인부 1 몰라. 나도 관심 없어서 자세히는 못 들었는데.

인부 2 오늘 가서 영웅담 좀 들어봅시다.

인부 3 다 뻥튀기일 텐데 뭐.

김대수 그러다 어느 날, 사거리에 있는 횟집 사장 이야기를 듣게 되었습니다. 자신이 전쟁 영웅이라며 북을 건너갔다 왔다고. 나는 괴로웠던 30년 전의 기억이 떠오르기 시작했습니다. 매일 밤 나를 괴롭히던 나의 동료들, 내가 버리고 온 동료들이 말입니다. 어쩌면… 죽지 않았을 수 있다. 죽지 않아 남에서 살고 있을 수도 있다고 말입니다. 나도 살아 돌아왔는데 그들이라고 못 돌아올 게 뭐가 있겠습니까. 혹 내가 모르던 동료들이라도 그 시간을 함께 보낸 동료들을 어쩌면 다시 볼 수도 있다. (사이) 그들을 보면 뭐라고 말해야 할까.

다시 일을 하는 듯, 인부들 퇴장하는데.

인부1   빵 먹는 새끼 따로 있고 치우는 새끼 따로 있네 거참.

인부1, 비닐봉지와 빵 비닐들 치운다.

인부1   김 씨 아저씨. 다 드셨으면 비닐 이리 주세요. 치우는 김
             에 같이 치우게.
늙은대수   저….
인부1   네?
늙은대수   오늘은 나도 같이 한잔할 수 있습니까.
해설자   동료들을 만났나요?
김대수   그곳엔 분명히 나의 동료들이 있을 줄 알았습니다.

인부들이 퇴장하면, 박 상사가 '무대1'로 들어간다.
박 상사, 등장하여 늙은 대수와 마주한다.
'무대2'에서는 같은 공간에 있는 듯 인부들의 왁자지껄한 소리가
들린다.
마주선 박 상사, 무표정이지만 인부에게 술을 대접하는 듯한 말로
인부들과 말을 섞는다.
무대는 늙은 대수와 박 상사만을 비춘다.

박 상사, 늙은 대수를 발견한 듯 말을 멈춘다.

김대수   그러나 그곳엔 나의 기억을 지옥같이 만든 장본인이 웃으며 손님을 상대하고 있었습니다. 그는 이제 늙어 흰머리가 가득한 노인이었지만, 내 눈에는 어린 시절 그를 보던 얼굴로밖에 보이지 않았습니다. 왜였을까요. 왜 그는 나를 죽이지 않았던 것일까요. 나는 그날 몸이 안 좋다는 핑계로 급하게 집을 갔습니다. 이불 속에 들어가 수많은 생각을 했지만, 지워지지 않았습니다. 그들은 왜 우릴 북으로 보냈던 것이었을까요. 한참을 생각하다 늦은 새벽 나는 다시 그 가게로 향했습니다.

시간이 경과된 듯, 마감을 하고 있는 박 상사.

박상사   아이고, 어쩌나 오늘 영업이 끝나가지고. 우리 알바애도 지금 퇴근했어요. 주방은 마감했는데 죄송해서 어쩌지? 다음에 오면 내가 잘해드릴게.

늙은대수   ….

박상사   저기, 영업 끝났대두요? (자세히 보는) 아, 아까 오셨던 분이지 죄송해요 내가 나이를 먹으니 정신이 이래가 치매가 오나 봐. 뭐 두고 가셨어요?

늙은대수   난 너무 무서웠어요.

박상사   예?

늙은대수	왜 날 죽이지 않았어요?
박상사	무슨 말씀이신지….
늙은대수	우리한테 왜 그랬어요?

박 상사, 늙은 대수를 자세히 본다.

박상사	제가 나이가 차서 사람 얼굴을 봐도 기억을 잘 못 해. 누구….
늙은대수	그래 당신은 날 잊었겠죠. 내 얼굴 따윈 기억하지도 못하겠죠. 난 그저 소모품에 불과한 어린 소년이었으니까. 난 당신을 하루도 잊어본 적이 없어요.
박상사	이보세요.
늙은대수	1972년 파주에서―! 왜 나한테 그랬어야만 했어요?

긴 사이.

박상사	살아남은 사람이 있을 줄이야.
늙은대수	나 나 기억하죠. 다리 병신 돼서 임진강 갔다 온 애새끼. 욕하고 공장 안으로 밀어 넣던 당신 눈빛을 난 기억해요.
박상사	지나간 이야긴 그만하지.
늙은대수	당신한텐 지나갔겠지! 난 아직도 지나가지 않았어요.
박상사	전쟁의 아픔을 잊고 잘 지내는 사람한테 와서 왜 이래?
늙은대수	나도 내가 뭘 보상받겠다고 당신한테 온 줄 모르겠어요.

그냥, 그냥….

박상사 이제 새 삶을 살아 김대수.

늙은대수 날 기억하는군요.

박상사 미안하네.

늙은대수 지금 내 삶을 개판 만들어 놓은 당신이 내게 새 삶을 논해요?

박상사 나라를 생각해서 한 일이야—! 군인은 명령에 복종해—!

늙은대수 꼭 그렇게 했어야만 했어요?

박상사 과거의 기억은 잊어. 이제는 남북한이 한민족이야. 그때와는 달라. 시대의 변화에 적응해. 또 맞춰 살아가. 앞을 보고 살아가란 말이야.

늙은대수 왜 애들이었죠? 왜 소년들을 그렇게….

긴 사이.

늙은대수 북에서 돌아오면 알려준다고 했잖아요. 살아서 돌아오면—!

박상사 표 나지 않으니까.

늙은대수 ….

박상사 북한 새끼들하고 있어도 튀지 않으니까.

박 상사, 마음 정리가 끝난 듯 창문을 바라본다.

박상사 내가 소년공작원을 주도했다고 생각하나? 소년공작원은 오래전부터 내려오던 암묵적인 정부의 행동이야. 지금에 와서야 상상할 수 없었지만 그때 당시에는 당연한 것이었지. 다들 모르고 있었던 것 같아? 쉬쉬하고 있었을 뿐 소문을 들어서 다 알고 있었을걸? 한국전쟁 이후 한 회의 석상에서 한 장교가 독일을 본보기 삼아 어린 소년단을 만들자는 계획을 발표했지. 공작원은 적하고 대항해서 첩보를 수집하는 게 공작원인데 어린애들이 무슨 교육을 받느냐고 반발했지만, 그 맹점을 이용해서 어린 소년들을 이용해보자는 게 정부의 최종선택이었어.

해설자 나치 소년단?

김대수 네. 엄밀히 말하면 나치소년단하고는 다르죠. 나치소년단은 전쟁 후방에서 군사보조 역할과 선전 선동을 했지만, 변질된 우리나라 소년공작원들은 직접 전방으로 들어가 공작대 역할을 했으니까요.

해설자 나치소년단 책임자 발두어 폰 시라흐는 2차 세계대전 전범으로 징역 20년형을 선고받았습니다. 이미 법의 심판을 받았던 제도입니다. 그런데 어찌….

김대수 그래서 정부는 소년병 강제징집은 물론, 소년병 존재 자체를 인정하지 않는 것입니다.

박상사 불과 해방 이후 5년밖에 안 된 한국전쟁 상에서 국제적인 전범 히틀러의 유겐트를 모방했다. 그건 국가적으로 상당히 치욕이고 문제가 되겠지. 애들은 순진하고 성인의 말에 쉽게 복종하고 명령에 쉽게 따르니까, 적에겐 경계를 늦출 수 있으니까.

늙은대수 그때 계획을 주도한 사람이 누구죠?

박상사 이봐 대수. 그 사람은 죽었어.

긴 침묵.

늙은대수 당신들이 우리에게 무슨 짓을 했는지 알아?

박상사 이젠 기억이 가물가물해. 당신도 이제 그만 나를 잊고 자네의 삶을 살아.

늙은대수 잊혀질 기억이었으면 진작 지워버렸어―!

늙은 대수, 박 상사의 멱살을 잡는다.

박상사 잊혀지지 않는다고 뭐가 바뀔 것 같아. 이봐 대수, 나는 고통스럽지 않았는 줄 알아? 나는 자네들을 신나서 북에다 보낸 줄 아느냐고. 나도 고통스러웠어. 당신들과 같은 수많은 소년들을 북파시키고, 매일 매일 악몽에 시달렸다고. 나도 이 일을 지워낸 지 얼마 되지 않았는데 왜 이제 와서 다시 이 지옥 같은 기억을 끄집어내느냐 말이야.

늙은대수 하나만 물읍시다. 다리 병신 되어 임진강으로 넘어온 나를 왜 죽이지 않았어. 왜 날 두고 떠났어!

박상사 ….

늙은대수 대답해—!

박상사 잊었어. 그뿐이야.

늙은대수 … 죽여 버릴 거야. 죽여 버릴 거야!

늙은 대수, 박 상사와 몸싸움하다가 박 상사를 뒤로 밀어버린다.
머리가 부딪쳐 기절한 박 상사.
이후 정신을 차린 늙은 대수, 뒷걸음질친다.

김대수 정신을 차리고 나니 이미 늦었어요. 나는 과거의 지옥
같은 기억을 참지 못하고 그에게 나의 설움을 토해냈어
요. 그러다 의도치 않게 그를 살해하고 말았습니다.

정면으로 돌아서는 늙은 대수.
판사의 목소리 들린다.

판사(소리) 지금부터 살인사건에 대한 선고를 시작하겠습니다. 선고에
앞서 이 사건에 진행 경과에 관하여 말씀드리겠습니다.

김대수 돈 한 푼 없었던 저는 제대로 된 변호사도 구하지 못하
고 법정에 서게 됩니다. 그리곤 제대로 해명도 하지 못
하였습니다. 왜 그를 죽였는지에 대해서 이야기했지만,
소년공작원은 인정되지 않은 채 그저 충동적인 살인으
로 분류되었습니다.

판사(소리) 피고인 김대수 의 해당 증언에는 증거물이 충분치 않아

모두 기각된다. 또한 원심이 그 판시와 같은 사정을 들어 피해자를 충격할 당시 피고인에게 살인의 고의가 있었다고 판단, 우발적 충동에 의한 살인으로 징역 20년을 선고한다.

무릎 꿇는 늙은 대수.

늙은대수　감옥에서 나는 생각했습니다. 왜 나에게만 이런 불행이 주어지는 것인지… 나를 지옥까지 몰아놓던 교관이 죽었기 때문일까요. 1년, 2년 시간이 지날수록 나는 서서히 죽어갔습니다. 나는 나의 모든 걸 잃었습니다. 나의 어린 시절 기억들도 천천히 흐릿해져 가다 어느새 담배 연기가 날아가듯 서서히 날아갔습니다. 어느 날 밤, 흩어져버리려던 담배 연기는 내뿜은 나의 곁에 잠시 머물렀습니다.

김대수, 늙은 대수에게 다가간다. 두 사람 마주 본다.

김대수　아저씨. 나 이제 그만 가려고요.
늙은대수　… 들어가.
김대수　내가 밉죠.
늙은대수　이제와 미워해야 무슨 소용이냐. 이젠 그만 들어가.
김대수　난 늘 당신 옆에서 당신을 괴롭혔어요.

늙은대수 ···.

김대수 어때요. 지금의 당신은, 어떻게 했을 것 같아요?

늙은대수 이봐 대수, 잘못한 건 우리가 아니야.

김대수 잘 생각해봐요.

늙은대수 더 이상 날 괴롭히지 말아줘. 이제까지 내 곁에서 거머리처럼 붙어있었으면 이제 됐지 않나. 네가 있기에 지금의 내가 됐어.

김대수 내가 가면 당신은 이제 나를 잊을 수 있을까요?

늙은대수 지워내도 때가 남겠지. 박박 지워낼수록 더 많은 때가 남을 거야.

김대수 이곳을 나가면 나를 잊고 살아줘요. 적어도 나를 잊은 척 살아줘요.

늙은대수 ··· 네가 나고 내가 너인걸.

늙은 대수, 김대수를 떠나보낸다.

손을 흔들어 보는 늙은 대수.

늙은대수 나의 어릴 적 그 기억들은 내 마음속 어딘가에 잘 살아 있겠죠. 아픔을 간직한 채. 나는 그것들을 끄집어내기보단 내 마음 깊숙한 바닥에 숨겼습니다. 어쩌면 그 기억들이 나를 불행하게 만든 것일 수도 있으니까.

늙은 대수, 일어선다.

늙은대수 감옥에서 출소한 나는 어느덧 60의 나이가 훌쩍 넘어있었습니다. 마음이 늙어버렸던 나는 어느덧 마음과 맞는 나의 나이로 자리 잡은 것이었죠. (사이) 나에겐 이제 나라도 가족도 어린 시절의 나도 아무것도 남아있지 않았습니다. 그저 백발에 길어버린 머리칼과 다리 하나 성치 못한 몸뚱어리가 전부였지요. 나는 생각했습니다. 나를 이렇게 만든 것이 누구일까.나를 지옥에 몰아넣었던 교관일까. 아니면 나를 북파 시켰던 내 나라일까. 아니면 북일까.

긴 사이.

늙은대수 아닙니다. 나를 이렇게 만든 것은 나 자신이었습니다. 남들 앞에서 드러내지 못하고 두려움에 떨고 웅크리며 숨어 살기만 했던 지난 세월들. 이렇게 내가 사라지면, 내 존재를 드러내지 않으면 누구도 나를 인정해주지 않을 것이다.

사이.

늙은대수 그렇습니다. 나는 살인자입니다. 사람들은 나를 보고 살인자라고 부릅니다. 나는 인정합니다. 내가 사람을 죽였다는 것을. 그에 대한 벌도 받았고, 앞으로도 평생 그 죄를 가슴 속에 안고 살아갈 것입니다… 나는 나의 죄를 인정합니다. 그러니 그때 그 시절 내가 그곳에 있었다는 것을 인정해주세요. 내가 존재했었다는 것을. 나를 살인자라고 불러도 좋습니다. 다만 살인자 소년공작원이라고 불러주세요. 내가 여기 있습니다. (절규하는) 나ㅡ! 나ㅡ! 내가 여기 있습니다ㅡ!

김대수, 일어나 돌아다닌다.

김대수 저는 1953년 생이고, 경기도 인천 출신입니다. 올해 나이는 전쟁 통에 어머니가 호적을 늦게 등록해서 17세입니다. 저희 아버지는 훌륭한 군인이셨습니다. 한국전쟁 당시 적들과 전투 중 돌아가셨다고 들었습니다. 제 꿈은 달리기 선수가 되는 것입니다. 제 이름은….

대수, 자신의 소개를 반복적으로 내뱉는다.

해설자 60이 넘은 김 씨는 살인자가 되어버렸습니다. 그러나, 그는 그의 존재를 알리는 것을 멈추지 않았습니다.

늙은대수 여기 우리 한훈이.

무대에 앉아있던 심한훈 일어나 돌아다닌다.
대수의 목소리와 한훈의 목소리가 겹쳐진다.

심한훈 저는 1959년 전라남도 광주에서 태어났습니다. 나이는 12살이구요. 어머니는 제가 태어날 때 돌아가시고 아버지는 일하러 나간다고 하고 소식 없어요. 차라리 아버지 없는 게 속 편합니다… 저는 동생이랑 이 세상 보란 듯이 살아나가는 것이 제 꿈입니다. 학교 끝나면 요 앞에서 구두닦이 하는 것이 제 소일입니다. 제 이름은….

늙은대수 윤백이 형.

심한훈, 자신의 소개를 반복적으로 내뱉는다.
무대에 앉아있던 이윤백 일어나 돌아다닌다.
대수의 목소리, 한훈의 목소리와 함께 윤백의 목소리가 겹쳐진다.

이윤백 저는 1953년생입니다. 올해 나이 18살입니다. 제 고향은 경북 대구입니다. 어머니는 요 앞 시장에서 국수 장사합니다. 저는 학교 끝나면 바로 국수 가게에 가야 합니다. 일손이 부족해서 제가 도와야 합니다. 괜찮습니다. 어머니 일을 제가 대신해주면 그걸로 기분이 좋습니다. 나중엔 저도 서울에서 제일 큰 국수 가게를 하는 게 꿈입니다. 제 이름은….

늙은대수 수많은 이름 모를 소년들.

이윤백, 자신의 소개를 반복적으로 내뱉는다.
위신복, 무대에 앉아 있다가 일어나 돌아다닌다.

소년들의 목소리와 함께 겹쳐진다.

위신복   저는 1955년 함경남도 영흥에서 태어났습니다. 나이는 18살이고 학교는 그만 뒀습니다… 신문 배달합니다. 누나랑 어머니랑 셋이서 삽니다. 어머니가 산에 올라가 나물 캐서 팔아먹고 가족들 먹여 살립니다. 아버지는 월남을 시도하다 소식 끊겼습니다. 집에 여자밖에 없는 탓에 어머니는 저를 장사 취급하십니다. 그래도 동네 친구들 중에서는 제가 힘이 제일 센 거 같습니다. 제 이름은….

그들의 목소리는 반복된다.
(＊소년들의 목소리가 들릴 듯 안 들릴 듯해도 좋다.)
해설자, 무대 앞으로 나온다.
(＊이 상황은 모두 동시다발적이다.)

해설자   18세 미만의 아이들을 북파공작원 업무에 사용하기 위해서 강제 소집을 했다고 하면 그것은 법률에 전혀 근거가 없는 행위이고 형법상으로 보더라도 체포, 감금, 강요, 학대, 아동 혹사와 같은 범죄에 해당할 수 있는 행위입니다. 따라서 UN은 세계 대전을 비롯한 여러 국제전쟁들을 치루면서 18세 미만의 아동들을 보호하기 위해 최소한의 안전장치를 마련했습니다. 그런데 우리나라는 현재까지도 18세 미만 아동의 강제 징집을 금지하는 구

체적인 법적 조항이 없어 UN은 우려를 표하고 있는 상황입니다. UN 아동권리협약에 의하면 계엄령과 관계없이 해당 법률을 따라야 하나, 우리나라는 계엄령 하에는 아동들의 권리가 전적으로 100% 다 지켜질 수 없다고 표명합니다. 우리나라는 그런 전시상황, 휴전과 같은 상황, 계엄령 하에서는 이를 유보할 수 있다고 말입니다.

사이.

해설자 또한 소년병 강제징집을 정부는 인정하지 않고 있습니다. 이런 상황으로 미루어봤을 때 어쩌면 우리에겐 소년 공작원 같은 존재가 또다시 나타날지도 모르겠습니다. 이러한 존재가 이 나라에 다시 태어날 수 있음에도 우리는 이전의 일들을 기억하려 하지 않습니다.

자신의 소개를 반복하던 소년들, 이름을 잊어버린 듯 무표정으로 변한다.

소년들 제 이름은….
해설자 어쩌면 앞으로 또다시 존재할 지도 모를 그들을.
소년들 이름이 기억나지 않습니다.
해설자 우리는 아무도 기억하지 못할 것입니다.

늙은 대수의 울음소리, 커진다.

막.

한국 희곡 명작선 45

소년 공작원

초판 1쇄 인쇄일   2021년 1월 10일
초판 1쇄 발행일   2021년 1월 20일

지 은 이   김성진
만 든 이   이정옥
만 든 곳   평민사
          서울시 은평구 수색로 340 〈202호〉
          전화 : 02) 375-8571
          팩스 : 02) 375-8573
          http://blog.naver.com/pyung1976
          이메일 pyung1976@naver.com
등록번호   25100-2015-000102호
ISBN   978-89-7115-743-5   03800
          978-89-7115-663-6 (set)
정   가   7,000원

· 잘못 만들어진 책은 바꾸어 드립니다.
· 이 책은 신저작권법에 의해 보호받는 저작물입니다.
  저자의 서면동의가 없이는 그 내용을 전체 또는 부분적으로 어떤 수단 · 방법으로나
  복제 및 전산 장치에 입력, 유포할 수 없습니다.
· 이 책은 사단법인 한국극작가협회와 아름다운 분들의 희망펀딩을 통해 출간되었습니다.